Lacrime in bottiglia

di Federica Montalbano

Federicamontalbano97@gmail.com
Stampato in Italia

Storie di chi passa e non si ferma

Sommario

Questo libro è una raccolta di tutte le lettere che col tempo ho sentito la necessità di scrivere, per riuscire a esprimere cose che a voce non ero in grado di dire.
Alcune sono vere, scritte per persone che sono passate per la mia vita.
Altre sono totalmente inventate.
Quali sono? Non lo ricordo più nemmeno io.
Hanno nomi e generi ipotetici e forse leggendo queste righe ti riconoscerai, oppure ti prenderai il merito di qualcosa che non ti appartiene.
Ma va bene anche così.

Alice

Scorro pagine e pagine di foto guardando
momenti indimenticabili della mia vita trascorsa.
Mi chiedo spesso, come abbiamo fatto a cambiare
così tanto.
Ricordo sempre il nostro primo giorno di scuola,
quei sorrisi da bambine innocenti.
Da piccola guardavo sempre i film ambientati al
liceo, quelli con le "ragazze grandi" e piene di
esperienze, mi dicevo che sarei diventata come
loro.
Non so fino a dove arriverò, ma so per certo che la
bambina di un tempo avrebbe dato di tutto per
vedere sé stessa adesso.
Al primo anno, inesperta e curiosa, volevo sapere
come sarebbe stato il futuro.
Adesso, quello stesso futuro, mi fa paura.
Volevamo diventare subito grandi senza renderci
conto delle conseguenze.
Ho in mente tutti i messaggi, tutte le parole
dette, ricordo bene tutto.
Proprio per questo so che non mi fermerò ad
aspettare.
Seguirò strade senza meta che mi porteranno
dove non so.

Ho la netta impressione che se l'anno scorso
avevamo un motivo per tenere in piedi tutto,
adesso non ci sia più.
"Sei compresa ovunque vada".
Lo sai che per me è la stessa cosa.
L'unica cosa che mi trattiene dall'allontanarmi da
tutto questo sei tu.
Farò le mie scelte, e ne sei compresa.
Ti prometto che resterò quanto basta, sempre e
comunque.

Nadia

Spero che le cose ti vadano bene.
Io e te non abbiamo mai parlato molto, ma mi sei stata accanto ogni giorno.
La mia compagna di risate durante le lezioni di storia.
Ora che è iniziata l'estate dubito che ci vedremo, mi farebbe piacere comunque sentire ogni tanto parlare di te.
Sapere che stai bene e che tutto scorre felicemente.
Ti ho vista piangere, a volte, ed ho avuto l'impressione che tenessi dentro più di quanto fai vedere alla gente.
Mostri sempre quel lato più forte...come a sembrare indistruttibile.
Ti ammiro spesso, per questo.
Non lasciare che i piccoli dubbi ti scalfiscano, sei fatta per vivere ed amare.
Sii la ragazza dolce e sicura di sé che ho sempre conosciuto.
So che andrai lontano, che sceglierai la tua strada e arriverai alla meta.
Le paure non possono bloccarti, hai le capacità per superare tutto anche se non lo credi.

Ricordo la sera della festa in cui andammo tutte e quattro e poi ti riaccompagnai a casa.
Mi dicesti "ti voglio bene", ed io non risposi.
Lasciai quelle parole volare per aria, scomparire.
Avrei dovuto cogliere l'occasione.
Perché in fondo tutte l'abbiamo capito che ci vogliamo ancora bene.

Carlotta

Mi piacerebbe scrivere a te, meglio di quanto io abbia mai fatto.
Una certa canzone direbbe che sei "la risata dentro al tunnel degli orrori".
Secondo me sei molto di più.
Adoro quegli attimi in cui fai di tutto durante le lezioni, ed io dal banco dietro di te, rido ancora come una bambina.
Provochi quelle risate spontanee per davvero.
In te ci vedo l'affetto che tiene uniti tutti i pezzi, la forza di non arrendersi, la voglia di ricominciare.
C'è sempre bisogno di qualcuno che sappia vivere per davvero e credo che tu sia in grado di farlo.
Sei sempre così forte, anche se a volte scoppi e tiri fuori tutto.
Ed è lì che si vedono tutte le emozioni che ti porti dentro.
Spesso, mi sono chiesta se ci fosse qualcosa di più dietro quel sorriso onnipresente... non sempre si notava.
Poi l'ho capito.
C'è vita.

Harry

Certe cose ti colpiscono sotto vari punti di vista, irrefrenabili e imprevedibili, così come certe persone.
Entrano nella tua vita ed iniziano a farne incondizionatamente parte, come se fossero sempre state lì, invisibili a tutto e tutti.
Eppure ci sono.
Ne impari i comportamenti, i modi di esprimersi, la loro astratta realtà.
Concepisci ogni loro singola emozione.
E non puoi fare a meno di esserne presente.
Potrai incontrare tutti i tipi di persone e dichiararti sempre distaccato da essi - eppure - ci sarà sempre qualcuno che prima o poi ti farà dimenticare tutto.
Sarà il tuo modo d'amare che colpirà la gente.
Quel modo che hai di essere libero e comprensivo.
Di guardare l'amore con tutte le sue sfaccettature.
Un amore libero che non ha distinzioni.
E sarà proprio quello a farti più male.
Sarà quello che ti renderà più forte.
Una corazza che ti difende da tutto, per non far vedere il cuore dolce che hai dentro.

Elisa

Hai mai avuto la sensazione di voler scappare improvvisamente via?
Come se d'un tratto ti fossi accorta che questa città è diventata troppo stretta per te.
La gente parla, parla troppo, e nel suo frenetico parlare non guarda mai chi ha intorno.
E noi...
Passiamo notti intere a fantasticare su messaggi che non invieremo mai.
Sogniamo fino al limite del possibile non guardando mai la realtà.
A volte ho pensato di poterti incontrare, rinchiuse nella stessa gabbia per topi; poi mi sono resa conto di non aver mai fatto nulla per renderlo possibile.
Ci sono anime che vagano ed altre che restano ferme a guardare il vuoto.
E io non ho mai capito la tua, di anima.
Non mi sono mai data la briga di scoprirlo.

Lorenzo

Capita, ogni tanto nella vita, di rivedere noi stessi in qualcun altro.
Mi è capitato parlandoti, di ritrovare in te qualcosa che un tempo era appartenuto a me.
Quel senso d'innocenza che porta qualcuno a sentirsi sperduto.
Non so quanta verità ci sia tra le tue parole, ma comprendo quella strana abitudine che ti porti dentro alla costante ricerca di qualcuno che ti accetti. Senza mai capire che la cosa più importante è accettare noi stessi, qualsiasi cosa decidano di fare gli altri, anche se potranno disprezzare il nostro modo di essere.
Ho avuto la tua età.
Quell'età in cui pensi che sia la fine e in realtà non sei neanche arrivato all'inizio.
Ogni singola cosa è moda e tu pretendi di seguirle tutte le cose che dicono gli altri.
Non sai ancora che un giorno pretenderai di essere diverso.
Ma in un'era in cui tutti vogliono essere diversi si finisce per diventare omologati.
A te auguro di non smettere mai di sognare, ce n'è ancora bisogno.

Di amarti per quello che sei, anche quando vorrai
cambiare ogni singola cosa di te.
Ti meriti di vivere a pieno l'amore, ma dovrai
imparare a gestirlo.
Non sarà facile, eppure ne varrà la pena.
L'amore necessità amore e non vi sono ostacoli
abbastanza grandi da fermarlo.
L'amore potrebbe distruggerti e poi di nuovo
rimetterti in vita.

Emanuele

Dicono che l'amore della nostra vita si trovi proprio dietro l'angolo, ma siamo troppo distratti per accorgercene.
Magari stiamo scrivendo un messaggio o controllando una notifica ed ecco che ci passa accanto e noi non lo vediamo.
Ci perdiamo i momenti più belli senza neanche volerlo.
Cerchiamo la bellezza in quelle cose che riteniamo "perfette", quando la vera bellezza la possediamo già.
Si trova negli sguardi dolci al mattino, nei sorrisi spontanei, in un piccolo gesto.
La vera bellezza si trova in qualsiasi cosa, ma siamo troppo impegnati a fotografare il resto del mondo invece di guardarla con gli occhi.
Ci disprezziamo quando potremmo amarci.
So che puoi farlo…amarti!
Puoi guardare dentro di te e scoprire di essere una persona migliore di quanto credi, o restare lì e lasciare che i dubbi ti tormentino.
Siamo padroni delle nostre vite.
È un regalo unico.

Carlo

So cosa senti...le gambe che tremano, la paura persistente di qualsiasi cosa, quella sensazione acida alla bocca dello stomaco che ti porta a pensare che qualsiasi cosa tu stia facendo non sia giusta.
Non ci sono perché.
Solo il lento scorrere delle cose che non ci fa dormire la notte.
Le insicurezze sono il veleno dell'anima: si presentano come la cosa più innocua del mondo, ti trascinano fino a pensare che sia lecito averle, poi ti distruggono dentro a poco a poco senza che neanche te ne accorgi.
Ti ritrovi al limite senza sapere quando hai iniziato.
Distruggono il coraggio.
Ed il coraggio, è tutto ciò di cui hai bisogno.
Eppure puoi sempre vivere, vivere è un'altra cosa.
Ci vuole gioia, amore, speranza.
Se ami puoi fare tutto.
Non importa chi ami.
Puoi amare te stesso.

Puoi amare fino a far tremare l'anima e dolere il cuore di felicità.
Tutto quello che ti ferma deriva da te.
Non vuoi fermarlo, se è questo che ti stai chiedendo, ma puoi.
A quest'età puoi fare ancora qualsiasi cosa.
Puoi perché sei vivo e puoi sentirlo in ogni istante.

Ornella

In un certo senso adoro questa nostra distaccata dolcezza, questo nostro modo di essere legate nonostante tutto, pur contando la mia costante mania di non mantenere mai le promesse e distaccarmi sempre da tutti.
Mi piace il modo in cui resti.
A volte ho paura di non essere mai abbastanza – non all'altezza – eppure mi fai sentire speciale ogni volta che involontariamente mi ricordi che tra sette miliardi di persone hai scelto me.
E mi chiedo perché.
Perché scegliere un tale disastro quando potevi avere tutto.
So che a volte non parliamo come dovremmo, anche quando non la smetto mai di dire cose a caso.
Altri giorni poi sto zitta e basta.
Però c'è quel qualcosa nelle nostre giornate che quando torno a casa è un po' come dopo aver finito di leggere il mio libro preferito alle quattro del mattino in una giornata d'inverno.
E non so spiegarlo, ma è tipo una delle cose più belle del mondo.

Sara

Ho pensato tanto ultimamente, e credo che resterò.
Ne ho parlato parecchio, di solito non lo faccio.
Se voglio posso andare, ma non sarebbe facile...non è facile neanche restare.
Ma restare per voi sarebbe meglio.
Quindi credo che resto, perché tutto quello che avevamo mi manca.
Posso anche avere nuovi amici e andarmene lontano, ma voi mi mancate.
Mi manca il rapporto che avevamo.
E so che non tornerà mai tutto proprio come prima.
Basterebbe una minima parte.
"Poi tutto torna come prima ma non è più la stessa cosa".
Quindi resto, per provare a rimediare un poco, prima che siano le circostanze a separarci tutti.
Ed ho trovato le foto, tutte le nostre vecchie foto.
Quelle in cui eravamo piccole e ingenue, ma ci volevamo bene da morire.
Quelle in cui eravamo sempre tutte insieme.
Sempre in giro per questa città.

A fare foto per qualsiasi cosa fermando ogni dettaglio.
Quelle sempre sull'autobus per andare al mare anche d'inverno.
Quelle costantemente fuori anche con la pioggia.
Quelle al negozietto vicino scuola per i piercing.
Quelle al bar per la colazione, il bagno, i trucchi e le seconde ore.
Quelle che "oggi non entriamo", ad ogni compleanno.
Quelle del caffè freddo con la cannuccia, che non ricordo più neanche la marca.
Quelle dei video su Youtube, perché ci sembrava figo.
E dei pianti.
E le risate da far male allo stomaco.
Delle prime volte e degli ultimi desideri.
Quelle persone che ho visto crescere, perché in un modo o nell'altro abbiamo passato la nostra adolescenza insieme.
E sono felice di questo tempo, anche se mi sembra troppo poco.
Ripenso a tutto, non potrei mai darlo via.
Non potrei dar via voi.
Con tutte le cose difficili.
Anche quando tutto è cambiato e le cose da bimbe son diventate cose da grandi.

Ma certe cose sono fondamentali, e so che restereste comunque anche se decidessi di andare.
Solo che non posso perdervi.
Non sono ancora pronta per dirvi addio.
Forse in futuro, chissà quando.
Non ora.
Non ancora.
Preferisco quest'altro tempo insieme, anche se mediocre o solo carino.
Preferisco restare a guardarvi, anche da lontano, che non vedervi affatto.

Esdra

Sono uscita di casa, la porta che sbatte, troppe parole, silenzi improvvisi.
La normalità che mi resta attorno, camminando per strada col sole di una normale giornata estiva.
Quattro risate, le solite cose.
Per dimenticare un po' di meno e lasciare stare un po' di più.
Sono sempre le solite storie, la solita monotonia...e ti senti come tutti gli altri giorni.
Anche mentre inizia a piovere, che quasi non ci credi e ti dici che durerà poco, cose da nulla.
Ti giri a destra e poi a sinistra come quando ti senti bambino e vuoi stare sotto la pioggia ad assaporarne ogni singola goccia, permettendole di insinuarsi sui vestiti e scorrerti sulle guance.
Mentre inizi a correre senza voltarti.
Poi canti e cerchi un riparo, ma ti andrebbe bene anche così.
Attraversi fiumi di acqua piovana e mozziconi di sigarette tra l'asfalto che si sgretola, passando per una pista ciclabile e una strada troppo vuota.
Corri, non vedi nulla, ti fermi e poi corri ancora.

In certe giornate d'agosto in cui ti dimentichi com'era due secondi prima e t'importa più della grandine che cade e dei vestiti troppo bagnati per tornare a casa.
Ti ricordi che non ti ricordi più a cosa pensavi due secondi prima.
Prima delle piccole goccioline e del suono della chitarra, mentre attorno la gente già va via.
Ci ripensi solo dopo, che a una certa età certe cose è bello farle all'improvviso.
Semplicemente perché ti va e nessuno può negartelo.
L'odore della pioggia è bello anche con trenta gradi, e trenta gradi sono belli anche se sei zuppo di pioggia e ti sembrano almeno venti.
Anche mentre mi giro, mentre guardo persone che non conosco e sento parole che non direi, e cerco riparo in posti in cui non andrei.
E correrei ancora solo per correre, solo per sentirmi bene, solo per poter sapere di sentirmi bene.
Non lo ricordo, quanto è passato da uno stato d'animo all'altro.
Ricordo il suono delle risate, l'acqua nelle scarpe a ospitare pesciolini rossi, le foto che restano…troppo sfocate per guardarle ancora.
O forse non lo ricordo del tutto bene.
Lo ricorderò peggio domani o dopodomani.

Passerà come passa tutto.
Ma so che è stato bello.
E le cose belle, sono belle sempre.

Bruno

Di certe persone, quando non le conosci, non puoi dire tanto.
È il bello delle cose… non conoscere qualcuno.
È sempre come un nuovo inizio, qualcosa che non hai ancora fatto nella vita.
Hai presente quando sei ancora piccolo e ti parlano di qualcosa che ti sembra enorme e spettacolare, ma che non puoi ancora fare finché non arrivi a una certa età?
Ecco, trovarsi davanti a qualcuno che non conosci è sempre un po' così.
Magari te ne avranno parlato o non avrai proprio idea di chi sia, e allora non avrà a che fare con la tua vita.
Anche se in realtà ogni piccola cosa dal momento esatto in cui sai che esiste fa già parte di quello che sei.
Forse abbiamo parlato qualche volta.
Non ricordo, anche se vorrei.
Vorrebbe dire che non ho dimenticato nulla di tutto quello che è passato per la mia strada.
Certe vie, certi incroci, certi percorsi, vanno troppo in fretta.
E tu, stai già correndo?

Ci sono tanti modi per percorrere questa vita.
Che tu stia camminando lentamente,
attraversando un ponte, passeggiando in un
parco o correndo a più non posso, spero sia perché
sai già dove stai andando.
Puoi anche girare all'angolo sbagliato, se vuoi,
magari è meglio.
Forse è proprio per questo che queste parole sono
qua, qualcuno all'angolo sbagliato avrà trovato
me.
Sei già passato per la mia strada.
Ho già visto il tuo nome da qualche parte, su
qualche muro, su di una porta chiusa, in un posto
che non conosco.
Andavo troppo di fretta e non mi sono fermata.
Non ho aperto la porta, ho tirato dritto per il
posto in cui stavo già andando.
Strano, che non so chi sei, che non sai chi sono,
eppure è tutto qui.

Enea

Alcune volte ti senti invincibile, altre invece non sai neanche chi sei.
C'è un luogo che stai cercando lì da qualche parte e forse non sai da dove iniziare, non sai che strada prendere o cosa lasciare indietro.
Sei tu, e tu potresti essere chiunque con un qualsiasi nome e una storia che nessuno conosce.
Tu che ti nascondi dietro un ricordo e ti prendi la colpa di troppe cose.
Tu che se ami, ami tanto.
Oppure non ami proprio.
Tu che sei chiunque.
Io, tu, lui, lei, noi, loro.
Vedo già i tuoi occhi da qualche parte e tutto quello che hai fatto in questi anni.
Vedo chi sei, ma non chi sarai.
In quel caso scegli tu.
Scegli tu cosa fare adesso, dove andare, chi essere, cosa pensare, con chi parlare.
Scegli tu di continuare la tua vita o volerne un'altra nuova.
Di stare fermo o andare avanti.
Sai qual è il bello? Che tutto ciò che farai sarà semplicemente solo tuo.

Ogni singola cosa che vuoi, ogni piccolo dettaglio.
Ed è spettacolare, perché tu vai bene così come sei...in qualsiasi modo sia.
Con tutti i difetti, le paure, gli sbagli e le cose che non ti piacciono.
Con tutti i sorrisi e il modo in cui parli o ti addormenti la notte.
Vai bene perché sei tu e nessun altro è te.
Quindi amati come non potrebbe mai amarti nessuno, come un bimbo che scopre il mondo per la prima volta, come due innamorati che si baciano dopo tempo.
Amati perché ne hai bisogno.
Amati tu e nessun altro tipo d'amore sarà mai tanto forte da distruggerti ancora.
Scegliti, anche quando qualcun altro sarà un passo avanti.
Quando amerai qualcuno molto di più.
Quando non sarai la tua prima scelta.
Quando sarà tutto confuso.
Quando non saprai dove andare.
Quando avrai finito tutte le scuse utili.
Ricordati chi sei.
Ricorda chi vuoi essere.

Lara

Vorrei parlare di certe storie in cui non basta dire le solite cose.
Quelle in cui ti resta qualcosa in più perché non le hai vissute abbastanza.
Quelle che ti lasciano tanto, ma si prendono tutto.
Certe storie non le scegli e non puoi neanche controllarle, capitano nella tua vita e pretendono tutto ciò che sei senza preavviso.
Ti sconvolgono e non hanno neanche la garanzia "soddisfatti o rimborsati".
Certe storie ti rimangono dentro e inizi a pensare tante di quelle cose che a un certo punto vorresti quasi scomparire in un angolo.
Fanno parte di te e tu fai parte di loro, non ci sono facili alternative o rimedi della nonna.
Così sei come tutte quelle cose da non vivere mai abbastanza, come i posti troppo lontani per un caffè alle quattro del pomeriggio.
Restano le cose che non hanno avuto fine.
Quelle alle quali teniamo ancora troppo per mettere un punto abbastanza solido.
Come le parole non dette o i pericoli da evitare rifugiandosi dove nessuno ci può trovare.

Le stesse parole che forse un giorno non avremo neanche il coraggio di ricordare, sistemate tra i cassetti di una mente ormai stracolma di ricordi.
Chissà se ci pensi mai a come sarà tra cinquant'anni, quando faremo fatica a ricordare anche le cose più importanti, tutte quelle che devono ancora accadere.
Mi chiedo se di queste piccole cose rimarrà qualcosa.
Magari un nome, un messaggio a tarda notte, una conversazione che un giorno non esisterà più.
Forse il profumo di qualcosa che hai soltanto immaginato.
Chissà come sarà quando penserò a tutte quelle storie mai vissute, a tutti quei nomi lasciati andare senza ritorno.
Chissà come sarò io.
Chissà come sarai tu.
Con quelle parole dette a caso e tutte le volte in cui non ti stavano bene i miei comportamenti.
Come tutte le altre volte e le storie che già inizio a non ricordare più.
Finite da qualche parte, chissà dove, chissà con chi.

Ludovico

Sai, ci sono cose che non sempre riesco a dire.
Con te, mi è capitato, di dire cose che non sempre avrei dovuto dire.
Di lasciarmi andare un po' di più.
Non so onestamente a cosa era dovuto, forse eri proprio tu e quel tuo strano modo di parlarmi come se non ci fossero problemi.
Penso che dopo tanti ostacoli le persone che hanno qualcosa in più le riconosci.
In qualche modo stanno là anche quando tu non ci sei.
Forse non ti ho mai detto cose troppo profonde o segreti indicibili, ma bastava quel poco che le nostre strade richiedevano.
E forse non so molto di te, ma quel "se hai bisogno ci sono" anche quando sono io a non esserci credo valga molto di più.
Grazie per essere passato per la mia strada, senza troppi casini.
Per lasciare ogni tanto un segno di te tra le cose confuse della mia vita, abbastanza adeguato da saper sempre quando ne ho bisogno.
Come le cose belle che avvengono sempre a tarda notte quando ti manca già qualcosa, e

all'improvviso ti viene da pensare che tutto possa finalmente andare bene.
E invece non va bene nulla, ma non importa più perché è già tarda notte e le cose belle non aspettano.

Elena

Alcune persone capitano nella tua vita quando meno te lo aspetti, senza chiedere o pretendere nulla di tutto quello che sono disposte a darti.
Tu sei stata proprio una di quelle persone più inaspettate che mi siano mai capitate.
Qualcuno che capita raramente e che non sempre sei in grado di accoglierlo nel migliore dei modi.
Con te ho sbagliato più o meno tutto, dal modo in cui mi sono comportata a quello in cui ti fatto sentire.
Non l'avevo capito, finché non è toccata a me la stessa sorte.
Penso a quando ogni tanto mi dicevi che ti mancavo e mi sentivo egoista a non farmi mancare te.
Soprattutto per quella volta in cui ti ho detto che potevamo provarci, e poi ho fatto tutto il contrario.
Per quando ero troppo distante e avrei dovuto starti vicina.
Non sono stata la persona migliore che potesse capitare nella tua vita, per questo mi sento sempre in colpa ogni volta che ti manco ancora.

Come quando ho amato tanto qualcuno che non si sentiva la persona giusta per me...come io con te.
Però me lo ricordo quando con tutte quelle attenzioni mi sentivo più protetta, meno sola del solito.
Forse avevo troppa paura che non fosse la cosa giusta per me.
Avevo troppe cose per la testa e non ho pensato a te come tu pensavi a me.
Sarebbe stupido dirti che comunque ho provato tanto, non ho avuto neanche il tempo o la voglia di scoprirlo.
Ti dico che mi dispiace, anche se non ci credi, ed è troppo tardi per scusarmi ora.
Non siamo più le stesse persone e non abbiamo più gli stessi obiettivi.

Francesca

Per tutte le cose mai dette, quelle sfiorate da lontano tra i ricordi di qualcosa che sta già svanendo.
Per una tazza di Tè al pomeriggio, un caffè alle cinque del mattino dopo non aver dormito.
Il profumo del cocco e le discussioni sotto il sole d'estate.
Sei tutte le cose che ancora non conosco.
I rimpianti non decisi, la paura di fare qualcosa.
Sei un po' come quelle strade mai prese che guardi da lontano, troppo belle per avvicinarti del tutto e troppo misteriose per lasciarle andare.
È il rumore delle onde la mattina mentre stai sulla sabbia fredda.
Sono le paure che mi tengo dentro quando non ho più nulla da esprimere a fare in modo che sia tutto così.
Così sconvolgente, così irritante, così inaspettato.
Sei i viaggi che ho ancora voglia di fare.
La prima tempesta per un marinaio.
Il primo bagno a mare d'estate.
Tutte le prime cose che non ho ancora fatto.
Mi ricordi quella canzone che ascoltavo quando avevo otto anni prima di un viaggio in macchina,

non ricordo neanche il titolo ma sapeva di qualcosa di bello.
Tipo la notte quando è tutto confuso e non hai sonno, poi però d'improvviso sei già troppo stanca.
Tipo tante cose che non ti so dire.
Tipo tutto questo, adesso.

Ines

Spero sempre che riuscirai a trovare tutto ciò che cerchi, soprattutto quella felicità che tanto necessiti e che spesso tarda ad arrivare.
Ne conosci di cose nella vita, e so che sei una di quelle persone talmente forti d'aver bisogno di qualcun altro che crolli al posto tuo quando le cose si fanno troppo difficili.
Hai già dato tanto e ora ti meriti qualcosa di bello.
Ti auguro qualcuno che ti bussi a casa di notte solo per ricordarti quanto sei bella.
Una dichiarazione d'amore spontanea, una giornata con gli amici piena di pazzie.
Ti auguro di non avere più segreti nascosti dentro scatole ben sigillate, e di aspettarti sempre tutte le cose che la vita deve ancora concederti.
Ti auguro una vita che ti metta i brividi come la tua canzone preferita.
Che sia esattamente come vuoi.
Non parlo di una notte o solo qualche giorno, parlo di tutte le cose di cui hai bisogno per un tempo che non necessita di essere contato.

Parlo delle esperienze che devi ancora provare e di quelle che non hai mai raccontato a nessuno, nascoste in qualche posto che conosci solo tu.
E di tutte le cose che sogni a occhi aperti o quelle che ancora non sai neanche immaginare.
Un po' come le cose che nessuno sa e quelle che tutti vogliono sapere.
Sei tutto ciò che il mondo ha ancora da vedere.

Nicola

Vorrei ricordarti che la felicità non è una truffa e arriva quando meno te lo aspetti, anche se sei già caduto da troppo tempo.
Arriva anche quando hai fatto qualcosa che non va…è sempre lì, ma non la vedi.
Arriva quando pensi che tutto ciò che hai intorno non va bene, che la gente è falsa e la tua città ti sta troppo stretta.
Arriva quando credi che non arriverà più.
Vorrei ricordarti che ci sono tante cose in questa vita e devi solo avere il coraggio di guardarle tutte.
Non sempre ciò che vuoi sarà facile e non tutte le persone sono come sembrano.
Vorrei ricordarti che non si può tornare indietro, ma si può sempre andare avanti.
E che sbagliare è normale e io sono sempre qua, anche se sarò l'ultima con cui vorrai parlare quando avrai bisogno di qualcosa e mai la prima a capirti veramente.
Come quando eravamo troppo piccoli per comprendere ogni cosa e ci facevamo male, ma ci volevamo bene.

O tutte quelle volte in cui avrei potuto dire ogni cosa per proteggerti.
Tipo quella volta, seduti in un sottopassaggio al freddo aspettando un concerto.
E quando avevi bisogno della mia presenza e mi sentivo sempre un po' più unica.
Sto solo qui, e prima o poi so che saprai come va la vita.
Farai tutte quelle cose che a me sono già toccate, per le quali avrò sempre un consiglio buono se mai ne avrai bisogno.
Forse litigheremo ancora per qualcosa di stupido o troppo banale, ma va bene anche questo.
Con tutta questa felicità che non è mai una truffa e arriva anche se non l'aspetti, sempre nel posto giusto al momento giusto.
Come questo treno che forse hai già perso, ma che non importa più perché se vuoi ci arrivi anche a piedi.

Ilenia

Probabilmente, qualche tempo fa, mi avresti vista correre dietro a uno dei tuoi tanti progetti ripetendoti che sei quel tipo di persona dalla quale vorrei prendere ispirazione.
Tempo fa non immaginavo neanche che saremmo riuscite a parlare sul serio, e che avrei trovato in te una persona migliore di quanto potessi mai sperare.
Quando ho iniziato tutto quello che ci ha portati fino a qui sei stata la prima persona che ho avuto accanto, senza la quale non avrei mai avuto l'opportunità di vivere tante esperienze che tengo strette tra i miei ricordi.
Ci sei stata quando avevo bisogno di parlare con qualcuno e hai saputo cose di me che in pochi sanno, come la sorella maggiore che non ho mai avuto.
Ne abbiamo vissute tante, ci sono stati i pianti condivisi e le esperienze indimenticabili.
Ricordo quel primo giorno in cui ero veramente in panico e voi cercavate di rendere tutto più bello.
Un inizio di felicità che non posso dimenticare.

Come farsi i gavettoni, correre sotto la pioggia, giocare a calcetto anche se sono sempre stata negata.
Penso a quando non volevamo che tutto finisse.
A volte come quando ti ostini a mangiare quel dolcetto scaduto a tutti i costi perché non vuoi che vada sprecato, ma alla fine poi risulta rancido e non ti togli più quel gusto orribile dalla bocca.
Eppure tu ci hai creduto.
Hai creduto in me più di molti altri e io ho creduto in tutti noi, che possiamo sempre essere migliori di quanto dimostriamo.
Sei stata un punto fondamentale per chiunque sia passato da questa via, anche quando ho provato a lasciare tutto perché scaricare ogni fardello era più semplice.
Non hai mai mollato e non hai mai permesso che mollassi.
Non fai parte del gruppo, lo sei.

Stefano

Ti diranno tante cose su di me, molte delle quali non saranno vere neanche un po'.
Forse un giorno, tra le poche cose che penso di aver capito, sarai tra quelli che non si lasceranno mai toccare dal parere degli altri.
Anche se adesso tutto sembra difficile.
Tutte queste strade piene di curve e fossi servono a ricordarti che le vie a senso unico non portano quasi mai nei posti più belli; che tutte le apparenze o le cose che ti senti dire non fanno di te la persona che sei.
Sei molto di più di quello che pensi, devi solo guardare meglio.
Non credere che sia tutto facile, ma arriveranno anche le discese.
In fin dei conti i migliori arcobaleni arrivano sempre dopo le più grandi tempeste, come un marinaio che ama il mare ancor di più dopo la pioggia.
Non sarà mai veramente finita se tu decidi che non lo è.

Clara

Sei sempre stata una delle cose più strane e belle che siano mai passate di qua.
Un po' per tutti quei discorsi, un po' per le cose che nessuno sa.
E sì...sono stata egoista, bastarda, arrogante e molte altre cose, ma sono stata anche me stessa.
Soprattutto per le cose vere che ho detto, tra le tante che non pensavo veramente.
Ci sono certe parentesi che si credono più importanti di altre e capisci che lo sono sul serio solo dopo molto tempo.
Quando non ci pensavi neanche più.
Sono le piccole cose a fare la differenza, e con te è sempre stato tutto troppo grande.
Anche quando mi mancava qualcosa, ci ripensavo, e non sapevo più tornare indietro.
Ricordo quelle camminate in spiaggia a parlare al telefono, con te che eri da un'altra parte, in un luogo completamente diverso.
E io l'ho sempre avuta questa fobia delle chiamate, però alla fine le parole le ho trovate a poco a poco.

Poi c'era quando non ti sentivi mai abbastanza e io non sapevo che fare per farti capire che non era vero.
Allora inventavo cose e poi sparivo.
Sempre troppo codarda.
Ci penso spesso, forse non sempre, ma ogni tanto si.
Penso a tutto quello che era o poteva essere, ai lunghi discorsi e le risate, a tutte le cose belle.
Poi capisco che sono andata avanti e spero sempre che anche per te sia così.
Magari con un buon ricordo e senza troppo rancore.
Sarebbe chiedere troppo?
Ogni tanto penso di chiedertelo: un messaggio, una chiamata, un segnale luminoso.
Ma poi no, non va mai.

Oscar

La notte è silenziosa da quando hai lasciato queste strade.
C'è meno allegria in quegli angoli, dove durante i giorni gridavi di una vita di sventure.
Chissà quante avventure trovi tra i vicoli del mondo, chissà quante sono le parole nuove che hai imparato.
Questa città è troppo stretta, troppo piena di cose che hai già fatto.
Troppo buia la notte con i lampioni che non funzionano mai abbastanza quando torni a casa da solo.
Troppa luce alle sei del mattino, quando già non ti va più di dormire.
Troppo larghe le porte dalle quali non sei ancora passato.
Troppo piccole le scarpe che non porti più.
È tarda l'ora in cui arrivano le idee.
È chiuso il tuo bar preferito di una città qualunque.
È aperta invece quella libreria all'angolo di tanti anni fa, quella con le vetrate colorate e la copia consumata del tuo libro preferito ben nascosta nell'ultimo scaffale.

Quello lì con la copertina grigia e il titolo a caratteri cubitali, di quelli che leggi sempre senza tanti problemi.
Uno di quelli con troppe pagine che se lo vedi pensi quasi che sarà noioso.
Te di noia non ne hai mai voluto saper nulla, non era nel programma.
C'erano al contrario un bel po' di complicazioni, le avventure improvvisate solo perché ti andava con tutte le conseguenze che si portavano dietro.
Come quella volta in cui cadendo dalla bici sei finito in ospedale e il giorno dopo sei corso a comprarne una nuova.
O quando eri troppo frenetico e sei scivolato nella strada che portava a casa di tua zia…la cicatrice la porti ancora con te.
Per tutte quelle volte in cui questo posto non è stato mai abbastanza, mai all'altezza di quello che cercavi da tempo.
Chissà se l'hai trovato, quel qualcosa per cui non sprecare tempo.

Noah

Ti ricordi di quella volta?
Quella in cui faceva un freddo tremendo e non volevi più restare tra le solite pareti, così mi hai detto: "Andiamo via".
Hai preso lo zaino e i documenti mezzi sgualciti, conservati in un cassetto a ingiallire in attesa del momento giusto.
"Ce ne andiamo in uno di quei posti che ti piacciono tanto ma che non hai mai visto".
Hai prenotato tutto dal tuo pc malconcio, uno di quelli che ti porti dietro da anni e che non ti sei mai preso la briga di far riparare; prima o poi ti abbandonerà anche lui, portandosi con sé una buona dose di ricordi.
Due biglietti che non portano da nessuna parte.
"Prepara tutto", ma tutto cosa?
Troppo in fretta e senza un vero perché.
Un paio di vestiti spiegazzati, le solite scarpe usurate, scatolette come uniche provviste.
"Andiamo in un posto in cui non piove troppo e non c'è neanche troppo sole, in cui ogni tanto nevica e i mandorli fioriscono".
Ho pensato che scherzassi, che certe cose nella vita le pensi e poi non le fai mai.

Chi ci avrebbe mai creduto che alla fine era tutto vero.
"Non ci torniamo più a casa dopo tutto questo".
Invece ci siamo tornati e tutto quello è rimasto lì.
Non ne ho viste altre di cose simili.
Non ho più percorso tanta strada.
Non ho fatto altri salti nel vuoto, né scalato rapide salite.
Non ho più saltato i gradini a quattro a quattro, non ho fatto tuffi da altre scogliere.
Non ho chiesto passaggi agli sconosciuti.
Non ho rincorso altri treni.
Non ho perso altro sonno, consumato altre suole, bussato a nuove porte.

Omar

Ho pensato a tutte quelle volte in cui senza poter far nulla le cose non sono andate nel verso giusto.
Quella volta in cui ho rotto un bicchiere di cristallo del servizio buono mi sono preoccupata più di quando, prendendo tutto, hai deciso di cambiare casa.
Quel bicchiere è ancora lì, in qualche angolo di un appartamento desolato e non vissuto, tra le cose che col tempo hai rinunciato a portare via.
La tua schiuma da barba preferita, un paio di vecchie pantofole, uno dei tuoi regali di compleanno, una collezione di cd che hai smesso di ascoltare anni prima.
Così come quel profumo che non mi è mai piaciuto e che continuavi a usare comunque, le coperte troppo scomode e le tende del salotto di un colore che odio.
E tutti quegli angoli mai vissuti veramente.
Quando t'ho detto: "Dipingiamo tutto di blu", tu hai scelto quel solito beige che mi ha sempre messo tristezza.
E non abbiamo mai comprato i piatti colorati del minimarket lì vicino, quelli che mi trasmettevano allegria.

Giorgia

Le risposte alle domande che ti poni sono chiuse in cassetti la cui chiave è andata persa.
Sconfinate tra le tante volte in cui non hai voluto sentire una ragione in più per quella che pensavi fosse l'unica idea valida.
Incastrate tra gli sbagli e i cattivi pensieri.
Sotto tutte le cose che non hai mai detto, svalutate dall'influenza che gli altri hanno su di te.
Quasi come le lettere sgualcite che non hai mai inviato, sepolte tra i cumuli di una vita di bugie.
Una per tutte le volte che hai pianto in silenzio senza neanche farti sentire.
Lacerata da tutte quelle cose che non hai mai voluto dire, con quell'aria troppo importante per una piccola come te.
Coi tuoi calzini colorati e tutti gli adesivi che lasci in giro per la stanza, la collezione di matite conservata in un angolo dell'armadio, il tuo libro preferito ben in vista sulla scrivania, le lenzuola sempre dello stesso colore delle pareti.
Quasi per non renderti mai conto che sei già abbastanza grande per andare via.

Per cambiare aria all'improvviso e mettere da parte tutte quelle solite manie che non fanno più al caso tuo.
Tu che, sempre troppo distratta, ti dimentichi che ora è subito dopo aver controllato l'orologio.
Così ti perdi, assorta in quei pensieri che nessuno si è mai preso la briga di scoprire.
Ben nascosti nelle pagine di quella vita che ancora non sai cos'è.

Rebecca

Forse già lo sai, ma non tutte le paure nascondono sempre lati negativi.
Ci sono quelle che pensi di non poter superare e ti tengono attaccata a cose che non vuoi più vedere.
E ci sono quelle che in fin dei conti non ti fanno poi così tanta paura, così le lasci lì in un angolo a consumarsi tra di loro.
Ogni volta che non pensi di vincere puoi solo imparare a vivere meglio.
A sorpassare tutti quegli ostacoli che un giorno sembravano troppo alti, ma più cresci e più sono solo gradini da dover salire.
La prospettiva è solo un punto di vista, se guardi meglio la salita è tutta una discesa.
Ed è fatta da cose che già sai, da quel bagaglio troppo pieno che ti porti dietro da una vita intera.
Adesso, è ora di svuotarla.
Mettere fuori tutti quei maglioni che non lasciano passare l'aria e ti fanno sudare troppo.
Sostituirli con qualcosa di nuovo o quantomeno non troppo vecchio, qualcosa che ti piace tanto ma che non c'è mai entrato in tutta quella confusione.

Se fai spazio in tutte quelle cose troppo sgualcite, con le maniche bucate e troppo corte per il tuo corpo ormai cresciuto, c'è un luogo nuovo per tutto quello che ti servirà in futuro.
Un luogo tutto per te.

Elisa

Abituati, che certe assenze non si colmano più, e certe presenze non vanno via neanche quando materialmente non è rimasto più nulla.
Abituati a tutto questo chiasso, a parlare al ritmo delle cose dette per caso.
Abituati ai silenzi dentro un gran casino, a sentire anche i respiri quando non ci sarà nulla da dire.
Abituati che tutto torna, come prima, anche se non è più la stessa cosa.
Abituati alle foto, di quelle che conservi e le guardi solo tu; alle canzoni urlate anche sotto la pioggia, a chi si ferma e prima o poi va via.
Abituati ai sorrisi che non fanno mai male, e quelli invece che di male te ne fanno tanto.
Che non c'è nessuna scalata o alcun dirupo in cui cadere.
Ma va tutto sempre avanti e si ferma in qualche strada, che poi svolta in qualche via che non conosci...come tutto il nulla prima d'incontrarci, come tutto questo chiasso che non sa aspettarci.

Teo

Oggi piove e sto seduta qua a guardare fuori, proprio dove un giorno mi hai chiamata e mi hai detto "ci andiamo a prendere un caffè", che poi non abbiamo preso più.
Abbiamo preferito un altro giorno quando i tuoi baci sapevano di tutto tranne che di quel sapore amaro.
Non c'avevo mai pensato alla pioggia da quando non sei qui.
È l'unica cosa che non mi sa di te, ed è strano, proprio la cosa che amo di più non mi ricorda di te neanche un poco.
Fa ancora male sentire il tuo nome, dopo tempo, che poi tre mesi non sono tanti.
Come quando ti cerco ancora tra le cose più comuni ma tu non ci sei.
Non ci sono più neanche io.
Te ne andrai via col tempo e resterai lì, dove le ferite si rimarginano a poco a poco fin quando non ricorderai più neanche il perché.
Oggi piove e sono felice.
Con te che non ci sei e tutti i sentimenti che si perdono nel vuoto.

Letizia

A saperlo che quello sarebbe stato un addio ti avrei stretto più forte, così oggi forse potrei ancora ricordare l'odore di quel profumo che portavi sempre.
Solo che quella era una bella giornata, io ero felice, e non sembrava che tutto potesse davvero finire.
Sono uscita di casa e stavo proprio lì, in quel punto dove ci siamo salutate per l'ultima volta…neanche me ne sono resa conto per un po'.
A volte ai ricordi brutti ci devi pensare, loro non si danno la briga di disturbarti per davvero.
Chissà se tu ci pensi mai a tutte le ultime volte in cui qualcuno ha fatto parte della tua vita.
Chissà se hai provato a tenerteli stretti con tutte le forze oppure li hai solo lasciati andare.
Chissà se hai chiuso portoni in faccia senza dare altra scelta.
Così improvvisamente volevo spostarmi, lì aveva incominciato a fare male.

Valerio

Noi due alla stessa fila del supermercato.
Fa freddo qui dove tutto ormai è ricoperto da ghiaccio.
Una bottiglia di Vodka tra le mani, la tua solita felpa nera con lo stemma rosso degli anarchici, i capelli lunghi che ti ricadono sul volto.
Non ti vedevo da un po', così spensierato, lontano da quei luoghi dove tutti pendono dalle tue labbra.
Mi hai portata a cena una volta, diluviava a dirotto, abbiamo mangiato pesce fritto in un panino come se fosse una di quelle solite catene di fastfood.
Poi mi hai riaccompagnata a casa, quasi come un obbligo.
Sei tornato tra i corridoi della tua università, la politica è la cosa che ti riesce meglio.
Io sempre ferma lì, seduta su quella panchina che si trova proprio davanti la tua aula, con il mio mazzo di margherite accanto, a prendere appunti per il mio prossimo articolo.
Mi è sempre piaciuto guardarti parlare, sentirti dire tutte quelle parole che io non ho mai avuto il coraggio di dire.

Mi fermavo lì, tra il movimento delle tue labbra e la fossetta all'angolo sinistro della bocca, proprio quando pronunciavi tutte quelle parole come rivoluzione, cambiamento, utopia.
Tu ci credevi fermamente che avresti potuto cambiare le cose.
Io, crudelmente, ne rimanevo incantata.

Sam

Portami a Berlino, di notte.
Portami dove si vede la rivoluzione.
Indietro fino al 68, i jeans strappati, il cambiamento.
Portami dove possa fumare una sigaretta dopo aver fatto l'amore.
E poi uscire in strada a fotografare i volti ignari della gente.
Portami dovunque, anche se restiamo qua.
Sarà la nostra piccola Berlino personale.
Portami dove possa amare il mondo e poi stressarti con le mie paranoie.
Spegneremo mozziconi sopra i muri che tingeremo di blu, alzandoci in piedi di giorno ancora sbronzi.
Non importerà tutto il resto, saranno storie di una vita che terremo per noi.
Guarderò dalle finestre la pioggia scendere in silenzio, per poi ascoltare le tue paure quando col tempo arriverà il freddo.
Mi ricorderò di quando mi parlavi piano per non svegliarmi del tutto, poi mi lasciavi lì per ritornare col caffè caldo che non è mai
come quello di casa.

Mi ricorderò di quando volevo viaggiare tanto e ti chiedevo di portarmi sempre un po' più in là, per guardare il mondo ancora meglio.
E se non vuoi stringimi tra le tue braccia, mi porterai tra sogni di acqua di colonia e tabacco.
Andranno bene anche quelli, resti di una piccola città che ameremo insieme.
Mi dicevi di non perdermi nelle mie fantasie, ed io testarda, mi perdevo ogni volta.
Non so se per i tuoi occhi o le paure del mondo.
Non conoscevo altra via di mezzo che essere me stessa.
Mi bastava questo, questa piccola Berlino.

Paolo

Incomincio da qui.
Da parole non dette e pagine di lettere sgualcite.
Incomincio da favole inesistenti e sogni mai realizzati.
Sai, ci sono sorrisi che ti colpiscono, s'insinuano tra i secondi della tua vita e restano lì, osservati da chi sa notarli anche in mezzo all'altra gente, consapevoli di voler far parte di qualcosa che un po' gli appartiene già.
È complicato, quando tutto potrebbe girare intorno a te, ma non lo vedi.
Percorrerai strade che ti porteranno verso vie sconosciute, ti perderai e troverai di meglio.
Osservo il mondo che mi passa davanti, crescendo a poco a poco, mentre lentamente si vola via.
Ricorderai attimi di un viaggio che non è ancora finito, freddo e spettacolare.
La vita è più di una scalata o semplici montagne russe, è una prova di coraggio che ti chiederà di piangere e poi continuare a ridere.
Chiederà il conto.
E quel conto andrà pagato, ma non t'impedirà di guardare il mondo con il cuore colmo di felicità.

Al contrario ti ricorderà che è bello ogni sorriso, ogni abbraccio, ogni parola.
Dovrai andare avanti e non sempre sarà permesso tornare indietro.
Ti scotterai col fuoco, ma capirai che ci sono cose che fanno più male e altre invece che faranno passare ogni dolore.
Ci sarai tu tra queste strade intricate.
Anno dopo anno, come oggi…a ricordare di essere un po' più grande.
Non saranno più otto, tredici, sedici, vent'anni.
Saranno storie di una vita che ti porterai dietro.
Consapevole che il mondo girerà ancora e potrai guardarlo e contribuire con un gesto.
Non lo so dove sarò, se accanto a te o da qualsiasi altra parte, in un posto che neanche ricorderai.
Mi basta oggi e forse anche domani.
Io incomincio da qui, se vuoi continuiamo insieme.

Zara

C'è stata una volta in cui mi sono persa dietro
l'angolo e non sapevo più tornare a casa.
Ho aspettato due ore.
Poi ho capito che non importava più se prendevo
una strada sbagliata e arrivavo da qualche parte
anche se non era casa mia.
Quella volta non avevo ambizioni, non avevo
pretese che potessero essere distrutte.
Una volta volevo cucinare un dolce ma non ero
molto brava e alla fine non l'ha mangiato
nessuno.
Poi però ci ho riprovato, è andata meglio.
C'era quella volta in cui dovevo fare qualcosa da
sola per la prima volta e non mi sentivo
all'altezza.
Quando è finito tutto ho capito che era una
partita a cui avrei potuto giocare sin dall'inizio.
La volta in cui dovevo imparare ad amare non
l'ho mai capita.
Mi sono ritrovata già oltre dopo molto tempo,
quando ti guardi indietro e ti dici "ma come è
successo?".
Ho aspettato tanto quella volta, ho aspettato di
capire cose che ancora oggi non mi sono chiare.

Non che io sia stupida, ma certe volte non c'è una soluzione facile o una spiegazione attendibile.
Come fai a dire al cuore che ti sta succedendo qualcosa che non puoi imparare da nessuna parte.
È come quando tuo figlio ha otto anni e ti chiede sempre perché anche se gli dai tutte le risposte, a un certo punto devi dirgli che non c'è un perché, è così e basta.
La prima volta che ti senti vivo non te l'ha insegnato nessuno come si fa.
E per quella in cui sei triste senza motivo non ti avevano avvertito.
Non c'è un manuale che ti spiega come si vive se lo leggi tutto fino alla fine.
Soprattutto non c'è quello che ti dice come vivere bene o quali scelte fare nella vita, non ti dice "questa persona è meglio di quella" o "questa cosa può farti male ma magari ne vale la pena".
Devi capirlo da solo.
Quella volta in cui ho capito qual era la cosa migliore per me è stato dopo aver già fatto una scelta, dopo aver vissuto cose che senza provarle non avrei capito.
Non è stato quando ho ammesso di aver sbagliato, ma quando ho capito che anche sbagliando avevo vissuto una parte della mia vita

che in qualche modo comprendeva cose importanti.
C'è stata una volta in cui non ho accettato un no come risposta e ho perso un paio di cose, ma ho imparato che nella vita bisogna imparare a perdere e a lasciare andare chi non è più in grado di restare.
La volta in cui ho iniziato un'avventura senza pensarci troppo ho compreso che delle volte bisogna rischiare se si vuole sentire l'adrenalina che si prova quando sai che non stai sprecando il tempo che hai a disposizione.
C'è una linea sottile tra il momento in cui credi ancora in qualcosa e quello in cui pensi di non avere più nulla.
È così sottile che in certi momenti stai oscillando lentamente e ti chiedi un po' perché.
Io ci salgo su, per dirti che se ti dai la spinta oscilli molto più veloce e forse è meno sicuro ma decisamente più divertente.
Così è più pericoloso ma se arrivi in alto puoi ridere più forte, e chi ride forte si sente sempre anche in mezzo all'altra gente.

Grazie a te questo libro esiste

Chissà se lo sai che ci sono io.
Io di te lo so, è una consapevolezza sorda alla quale a volte bisogna pensare per rendersene davvero conto.
Mi chiedo se è comodo stare là, se per caso ti è mancata qualcosa e non me ne sono resa conto; se ti ha fatto male il mio essere sbadata o i momenti troppo frenetici.
Stai bene quando cammino per ore per colmare tutti i dubbi causati dalle cose che ancora non conosci?
Sembra tutto calmo e tranquillo.
Chissà come sei, chissà cosa fai.
Io ho un sacco di dubbi, di quelli che non mi fanno dormire.
Non so ancora che sarà di noi.
Scusami se lo sto anche solo pensando, è inevitabile.
Non ho pensato prima a costruire delle basi abbastanza solide, a buttare giù il cemento per lasciarti una strada sicura sulla quale compiere i primi passi.
Non ho la consapevolezza di chi saprebbe tenerti tra le braccia senza tremare.

Non pensare però che io non sappia amare, che non metterei a soqquadro il mondo per lasciarti respirare.
Se so contare bene a quest'ora stai crescendo velocemente e io a malapena me ne rendo conto.
Dovrò dirti un sacco di cose, delle volte anche quelle che non mi piaceranno poi così tanto.
Saranno tutte salite e discese a intermittenza.
Ho saputo che sarai una donna.
Ti diranno che è una condanna e io t'insegnerò che può anche essere una benedizione, perché di quante cose sono capaci le donne ancora non lo sai.
Ho sentito battere il tuo cuore e tutte le incertezze e le paure sono sparite di botto, io non ho avuto più dubbi...tu verrai al mondo.

Grazie a te questo libro esiste

Questa non è una lettera ma un capitolo di ringraziamento, una pagina di un libro che prima di te stava nascosto in un cassetto a prendere quella polvere che lascio sempre proliferare.
Un pezzetto del caos che mi portavo dentro, dietro, in mezzo alle giornate; prima di scoprire che c'è qualcuno in grado saperlo attenuare senza neanche rendersene conto.
A lasciare le tempeste lì dove stanno quando non è il momento di toccare nulla.
A rimettere in ordine i miei cassetti, i miei dubbi, le mie insicurezze.
Per i passaggi di questi miliardi di parole, quelle che hai già sentito o quelle che ancora non conosci...non le conosco più neanche io.
Sai che sono sbadata, mi perdo in un bicchiere d'acqua.
Come quando devi venirmi a recuperare dall'altro lato della città perché sono andata a piedi mentre mi aspettavi sotto casa, ma non c'ero abituata a questo tipo di attenzioni.
Io che dovevo scrivere lettere che non ho mai inviato per dire quello che la voce non poteva.
Tu che le mie parole le hai lette inchiostro su carta, amando anche il mio modo di esprimermi.

Lì dove stanno tutte le cose che ti ho già detto,
senza sentirmi mai banale o inadeguata.
Senza aspettare in un limbo infinito un futuro
che non so ancora come sarà.
Solo ora.
Tutte le cose che ho da dirti non attendono,
stanno alle due del pomeriggio come alle tre di
notte e non hanno la pretesa del momento
perfetto.
Stanno tra me e te: private, profonde, sussurrate
a bassa voce dove nessuno può coglierne i
dettagli.

www.ingramcontent.com/pod-product-compliance
Lightning Source LLC
LaVergne TN
LVHW050339160826
845677LV00014B/3688
9798354188819